Jean Desbrosses

Tableaux, études et dessins de Chintreuil

Antigonos

Jean Desbrosses

Tableaux, études et dessins de Chintreuil

Réimpression inchangée de l'édition originale de 1874.

1ère édition 2024 | ISBN: 978-3-38666-362-5

Antigonos Verlag est une marque de Outlook Verlagsgesellschaft mbH.

Verlag (Éditeur): Outlook Verlag GmbH, Zeilweg 44, 60439 Frankfurt, Deutschland
Vertretungsberechtigt (Représentant autorisé): E. Roepke, Zeilweg 44, 60439 Frankfurt, Deutschland
Druck (Imprimerie): Libri Plureos GmbH, Friedensallee 273, 22763 Hamburg, Deutschland

TABLEAUX

ÉTUDES ET DESSINS

DE

CHINTREUIL

EXPOSÉS

A L'ÉCOLE DES BEAUX-ARTS

Du 25 avril au 15 mai 1874

Jean Desbrosses

PARIS

IMPRIMERIE DE J. CLAYE

RUE SAINT-BENOIT

—

1874

Le présent Catalogue est extrait de notre catalogue général de l'œuvre de Chintreuil, qui paraîtra incessamment, dressé par les soins de M. Frédéric Henriet, avec une notice biographique due à la plume de M. Albert de la Fizelière, et un grand nombre de planches gravées à l'eau-forte d'après les peintures de Chintreuil par MM. Martial, Beauverie, Taïée, Saffray, Selle, Ad. Lalauze, Paul Roux, etc. L'exposition organisée par nos soins à l'École des Beaux-Arts, grâce à l'extrême bienveillance de M. le Directeur de l'École, ne pouvant comprendre, faute de temps et de place, toutes les œuvres portées au Catalogue général, nous avons cru nécessaire de publier un livret spécial, d'un format portatif et d'un prix minime, qui guidât l'amateur dans sa visite. Les ouvrages de Chintreuil s'y trouvent classés chronologiquement, comme dans le catalogue raisonné. Cet ordre permet à l'amateur de prendre le peintre à ses premiers essais à Montmartre, vers 1846 ; de le suivre à Igny de 1850 à 1857, et à la Tournelle-Septeuil (Seine-et-Oise), de 1858 à 1873 ; de se rendre facilement compte du développement et des modifications de son talent depuis la première manière d'Igny, naïve, serrée, ingénue, jusqu'au faire plus libre des dernières années. Nous avons rangé à la suite les marines et les dessins.

Nous croyons donc que ce livret sommaire suffit aux besoins actuels de notre Exposition, en attendant l'édition in-4° illustrée, témoignage plus durable — nous l'espérons du moins — de notre fervente admiration pour l'éminent artiste que nous regrettons.

JEAN-DESBROSSES.

CATALOGUE

1. — Étude de ronces, à Meudon.

2. — Le Petit Cabaret ; groupe de maisons au bord d'un chemin, avec terrains éboulés au premier plan (Montmartre, 1849).

> Petite étude intéressante à consulter comme point de départ de l'artiste. Chintreuil y révèle déjà ce sentiment ingénu et cette rare sincérité qui lui tenaient lieu de *technique* et font la grâce juvénile des œuvres de sa première manière.

3. — Sentiers sur les buttes Montmartre.

4. — Étude de terrains, à Montmartre ; effet du soir.

5. — Le Petit Dénicheur ; effet du matin (Montmartre).

6. — Bouquet d'arbres sur les buttes Montmartre; 1849.

7. — Étude de terrains à Montmartre; ciel gris
orageux; à droite, un talus couvert
d'herbes et de broussailles, au bas
duquel on voit la porte vermoulue
d'une closerie.

8. — Le Trou à l'Herbe, à Montmartre.

9. — Le Jeune Homme au chapeau gris; portrait de M. Jean Desbrosses, 1849.

10. — L'Étang de Villebon; étude.

11. — Le Bateau abandonné, étang de Villebon;
brouillard matinal.

12. — La Route de Bicêtre; effet du soir.

Esquisse du tableau exposé au Salon de 1849.

13. — Le Val aux Osiers; gelée blanche.

Fine et intéressante recherche, où Chintreuil
témoigne déjà de ce besoin qui l'obséda toute sa
vie, de jouer avec la difficulté, de poursuivre
l'insaisissable et l'intraduisible.

14. — Fondrière dans le bois de Meudon.

15. — Jeune Chêne ; étude dans les bois de
    Vauhalland.

16. — Sentier dans les bois.

17. — Lisière de bois, en automne.

18. — Étude dans le bois de Verrières.

19. — Clairière de bois ; étude de fougères en
    automne.

20. — Bouquet d'arbres auprès d'un pré planté
    de pommiers.

21. — Taillis de chênes dans les bois de Ver-
    rières ; effet d'automne.

22. — La Route de Vauhalland au soleil du
    matin.

> Elle est bordée de pommiers et dominée par
> un talus à gauche. Au fond, l'église et le clocher
> de Vauhalland.

23. — Champ d'avoine mûre au milieu des prés, à Igny ; bouquets et rideaux de peupliers ; coteau boisé au fond et chemin au premier plan.

Appartient à M. C.

24. — La Prairie de Commonvillers par un temps de pluie.

25. — Le Bouleau blanc ; bois taillis en automne.

26. — Groupe d'arbres au bord d'une route ; automne.

27. — Les Baliveaux, intérieur de bois.

28. — Intérieur de bois, à Igny.

29. — Le Pommier dit « à la Chouette » ; temps gris.

30. — La Mare aux Pommiers ; effet de soir après l'orage ; étude du tableau exposé, sous ce même titre, au Salon de 1850-51.

Appartient à M. Passa.

31. — Le Rêveur.

Un jeune artiste vêtu d'une blouse grise, un foulard jaune autour du col, se tient à cheval sur une chaise. Ses bras, accoudés sur le dossier, soutiennent sa tête pensive et découragée. Derrière lui, une toile posée sur un chevalet. Portrait de M. J. D.

Salon de 1850-51.

32. — Étude de Mignardises, Igny.

33. — L'Escalier du jardin, à Igny.

34. — Le Petit Baigneur.

Il est couché à plat ventre sur la rive gazonnée d'une rivière et se sèche le corps au soleil; gros arbres au fond.

35. — Le Garçon au papillon.

Un jeune baigneur, assis sur le bord d'une rivière, regarde un papillon posé sur sa main. Un bois s'étend le long de l'autre rive; ciel gris.

36. — La Prairie de Commonvillers après la récolte des foins.

37. — Prairie de Vauhalland et lisière de bois; plein midi.

38. — Rochers sous bois; étude dans les Vaux
     de Cernay.

39. — Pré sur la lisière d'un bois ; automne.

40. — Lever de lune; le Pommier au croissant.

41. — Jeune Femme tricotant dans une cour,
     près d'un escalier conduisant à un
     jardin (Igny).

42. — Étude dans les bois d'Igny.

43. — Sentier au bord d'un petit vallon om-
     breux.

44. — La Souche de frêne à trois têtes (Val
     d'Enfer).

45. — Étude de châtaignier; matin d'automne
     par un temps gris (Igny).

     Appartient à M. Amédée Jullien.

46. — Les Prés de Commonvillers; effet du
     matin.

47. — Chemin dans les bois; effet de soleil.

48. — Chemin dans les bois, en octobre.

Au bord d'une allée de peupliers aux feuilles jaunies, un berger, fait paître quelques moutons.

49. — Étude de bouleau en automne.

50. — Taillis de jeunes chênes; automne.

51. — Le Bois aux terriers.

52. — Étang de Cernay.

53. — Étude dite « au Léopard »; Val d'Enfer.

Terrains en savart mamelonnés; au second plan, bois et prairies, au fond, coteau boisé; ciel pluvieux; nature sauvage et désolée.

54. — Chaumières à Limon; environs de Vauhalland. 1851.

Les toits de ces rustiques habitations, couverts de mousses, de lichens et de végétations variées, sont précieusement étudiés. Au premier plan, des cultures potagères, quelques jeunes arbres à fruits; et tout à l'entour de cette paisible retraite où l'on aimerait à vivre en philosophe — pendant vingt-quatre heures! — des verdures tendres, veloutées et printanières. Modelé délicat, sentiment frais et juvénil.

55. — Le Pont de Vauhalland.

Arbres dépouillés au second plan, à droite ; un homme chargé de bois mort à gauche ; premiers plans d'une exécution soignée ; ciel nuageux et sombre, éclairé seulement à l'horizon. Étude du tableau précédent.

56. — Une Vallée.

Ce paysage, noyé dans les lumineuses vapeurs du matin, avec son ciel limpide et rosé, ses verdures tendres et ses bleus lointains, plonge le spectateur amoureux des champs dans tout un monde de fraîches sensations.

Un chevrier et son troupeau animent le tableau sans distraire le regard.

Appartient à M. Maurice Richard.

Salon de 1852.

57. — La Maison abandonnée ; étude à Limon, ayant servi à l'exécution du tableau précédent.

Un groupe de maisonnettes profilent leurs pignons larges et bas sur un ciel d'un bleu fin ; un pommier, dont les branches s'abaissent en berceau vers le sol, coupe les lignes sèches des toits. Terrains verdoyants et veloutés ; blés et herbes folles qui blondissent ; petit coin solitaire rendu avec un charme très-pénétrant.

Appartient à M. Frédéric Henriet.

58. — La Côte.

Un chemin escarpé et creusé d'ornières mène sur un plateau où deux arbres se détachent en vigueur sur un ciel lumineux et argenté. Terrains amoureusement modelés.

59. — Bruine; Val d'Enfer, 1851.

Un terrain bossué, escarpé, coupé par un chemin à peine visible sous la maigre végétation qui l'a envahi, monte jusqu'à un plateau; quelques arbres accentuent de points noirs cet horizon pauvre, sur lequel pèse un ciel bas et ballonné.

Cette petite étude caractérise bien la première manière de Chintreuil. A voir ce paysage sans « motif » et sans intérêt, dans l'acception vulgaire du mot, — un ciel pluvieux sur un terrain aride, — un œil inattentif ne soupçonnerait pas la volonté tenace, l'obstination singulière que l'auteur mettait à ces délicates virtuosités, si longtemps incomprises et dédaignées.

60. — Les Fonds de Massy; vue prise des hauteurs de Verrières, clairière de bois avec chevreuils; la lune se lève à l'horizon.

61. — Le Chemin du Val d'Enfer ; gelée blanche et brouillard.

Des arbres abattus, aux troncs couverts de givre, gisent à droite du chemin.

62. — Les Rogations, à Igny. ·

Une procession paraît à l'extrémité de la rue du village ; grand mur à droite au-dessus duquel on aperçoit le clocher et le coteau d'Igny dans la brume, ciel pluvieux ; 1853.

63. — Bouquet de jeunes Chênes.

64. — Le Chemin Vert ; étude pour le tableau précédent.

65. — Prairie coupée de rideaux de peupliers ; Vauhalland.

66. — Lever de lune ; le Bruly.

Appartient à M. C.

67. — Le Rû sous bois.

68. — Le Val d'Enfer.

Panneau.

69. — La Ferme et le Pré du Val d'Enfer.

Sur les coteaux violacés du fond s'enlèvent, en note claire, les files de peupliers jaunis qui avoisinent la ferme; jour triste de novembre; ciel nébuleux; temps de pluie.

70. — Bouquet de peupliers au bord d'un pré; effet d'automne.

Appartient à M. Frédéric Henriet.

71. — Pluie du matin.

72. — Sur Souche de chênes.

73. — Le Ruisseau des Rigoles, à Igny.

Un ruisseau aux transparences de cristal coule paisiblement au milieu d'un bois ombreux et touffu; sensation de fraîcheur.

Appartient à M. C.

74. — Les Bruyères.

Au milieu d'un taillis de chênes, une clairière tapissée de bruyères roses, de fougères, d'herbes sèches, offre une retraite pleine de sécurité aux daims et aux chevreuils. La lumière vive et diffuse du milieu du jour égaye la feuillée. Le soleil est haut, les ombres sont courtes. Le peintre a parcouru toute la gamme du vert, depuis les tons les plus doux jusqu'aux plus intenses; et — qualité rare chez les paysagistes qui osent le vert — ce tableau, peint depuis plus de vingt ans, a conservé toute la fraîcheur et la limpidité du premier jour. Il donne raison à la sobre et judicieuse palette du peintre, et répond en même temps, par son fini, aux détracteurs qui l'ont longtemps accusé de ne pas exécuter.

Salon de 1853 et Exposition universelle de 1867.

Appartient à M. Carpentier.

75. — Soir d'automne.

Chintreuil appelait ce tableau *le Crépus- à la toile d'araignée,* parce que Th. Gauthier, dans son compte rendu du Salon, avait comparé à une toile d'araignée le délicat réseau de branchages que dessinaient les arbres effeuillés sur les lueurs roses du ciel.

Salon de 1853.

Gravé à l'eau-forte par M. Lehnert.

Appartient à M. Luquet.

76. — Le Chemin aux peupliers; 1852.

Une brume grise et glaciale épaissit l'atmosphère; quelques dernières feuilles d'or pâle se se détachent de la cime des peupliers et tour-

noient, en voletant, avant d'atteindre le sol. Les
ornières du chemin, remplies d'eau, indiquent
que la saison des pluies est arrivée. Toutes les
tristesses de novembre sont résumées dans cette
petite toile, d'un accent si mélancolique.

Appartient à M. Amédée Jullien.

**77. — Matinée d'automne; route bordée d'arbres
enveloppés dans un léger brouillard
transparent et nacré; 1852.**

78. — Feuilles d'automne.

Deux rangées de peupliers à demi dépouillés
s'élancent le long d'un chemin jonché de feuilles
mortes.

79. — Clairière dans les bois d'Igny.

Terrain semé de bruyères fleuries; à droite,
un arbre ébranché, près duquel un pâtre garde
des chèvres; effet de brouillard très-fin.

Appartient à M. Edmond Texier.

**80. — Les Fonds d'Igny, au printemps; coupe
de bois.**

Appartient à M. Luquet.

81. — Le Chemin des Bruyères; chêne et lisière de bois au bord d'un pré; soir d'automne; ciel gris avec un filet d'or à l'horizon (Igny).

Appartient à M. Mareschal.

82. — L'Arbre dépouillé. Sortie du bois d'Igny; bourrées et fagots à droite.

Appartient à M. Mareschal.

83. — Les Fonds d'Igny vus du plateau de Favreuse; effet du matin; à gauche, un jeune pâtre adossé contre un arbre.

84. — Vaches au pré; Igny; très-fine étude d'après nature.

Appartient à Mme Desbrochers.

85. — La Rigole aux chardons; Igny.

86. — La Sortie du bois des Rigoles; automne.

A travers les feuilles roussies et les branches entrecroisées de jeunes arbres formant berceau, l'œil découvre les prés et les coteaux de Vauhalland, baignés d'une lumière chaude et ambrée.

37. — Vers le soir.

> Un sentier descend à travers champs dans un petit vallon planté de pommiers que gagne déjà l'ombre du soir. Ciel gris et couvert, avec une bande lumineuse à l'horizon.
>
> Cette étude, d'un sentiment si expressif et si doux, faisait l'admiration d'Eugène Delacroix; car, bien que son tempérament de peintre, sa poétique et son idéal fussent absolument différents, — peut-être même à cause de cela, — Delacroix appréciait particulièrement Chintreuil, chez qui il reconnaissait une réelle originalité.
>
> Appartient à **M. Ehrler.**

38. — Le Chemin de la ferme de Commonvillers.

39. — Le Pont des Rigoles.

90. — Rideau de peupliers dans les prés, à Igny; vaches au pâturage; matin d'automne avec soleil.

> Appartient à **M. Ducasse.**

91. — Bruyères et Genêts, dans les bois d'Igny; terrains finement étudiés.

92. — Voyageur buvant au bord d'un ruisseau.

93. — Les Deux Pommiers; dernières fleurs; vallée d'Igny.

94. — La Passerelle dans les prés, à Igny; effet du matin.

95. — Le Soleil dans le bois; Igny.

Appartient à M. Mareschal.

96. — Les Terrains fleuris; étude sur le plateau de Vauhalland.

Bordé à gauche par un bois clos de treillages, un chemin dessine ses méandres sur un terrain sablonneux tout émaillé de bruyères roses, de chardons, de pâquerettes et de boutons d'or; au fond le coteau d'Orsay. Étude d'une exécution précieuse et d'une grande franchise de lumière.
Appartient à M. Luquet.

97. — Le Pont de Favreuse; effet d'automne (Igny).

98. — Lever de lune; Igny.

Appartenant à M. Faure (de Lille).

99. — Le Val aux Merles; Igny.

Au milieu de tertres incultes, un chemin, encaissé dans des escarpements sablonneux, s'enfonce dans un vallon et reparaît sur la côte opposée. Celle-ci est plantée de rares arbres et couronnée de bois; impression de solitude et de tristesse.

100. — La Mare aux Lentilles ; Igny.

101. — Chemin dans un bois taillis; temps de pluie en automne.

102. — Les Fonds de Verrières, pris du bois d'Igny.

Appartient à M. Mareschal.

103. — Bouquet d'aubépine en fleur (Igny).

Appartient à M. Mareschal.

104. — Le Paysagiste dans les bois; étude dans la vallée de Bièvre, en automne.

Appartenant à M. C...

105. — Un Berger, assis près d'un ruisseau
     bordé de genêts en fleur, fait paître
     ses moutons.

Appartient à M. Klein.

106. — Le Chemin de Favreuse.

Un chemin vert, encadré de ronces et d'au-
bépines, traverse un élégant bouquet de peupliers et va se perdre à l'horizon; une femme
à âne anime le paysage qu'éclaire un beau
soleil d'été.

Appartient à M. Levé.

107. — Fraîcheurs du matin dans les bois, au
     printemps; Igny.

Appartient à M. Faure (de Lille).

108. — Abreuvoir ; matinée du printemps;
     Igny.

Appartient à M. Faure (de Lille).

109. — Les Prés de Palaiseau.

Appartient à M. le Dr Aimé Martin.

110. —· Souche de châtaignier dans une clairière des bois d'Igny; des chevreuils s'ébattent au milieu des fougères et des bruyères. Brouillard de novembre.

Appartient à M. Leneveux.

111. — Le Presbytère et l'Église de Vauhalland ; effet du soir.

Appartient à M. A. Jullien.

112. — Les Ruines de Boves (Somme).

Des pans de murs, derniers débris d'un château féodal, couronnent un monticule. Les pommiers ont poussé sur les anciens glacis du château ; les fossés forment un chemin creux qu'ombragent les arbres de la contrescarpe ; au fond, masses de verdure. Ciel d'un gris fin.

Appartient à M. Mareschal.

113. — Sureaux en fleur ; crépuscule (Boves).

Appartient à M. Ehrler.

114. — Étude de ciel au soleil couchant ; plaine aux environs d'Amiens ; 1856.

115. — Fossés des ruines de Boves.

116. — Après l'orage ; souvenir de Picardie.

117. — La Noye, rivière sous les saules (Boves).

Appartient à M. Mareschal.

118. — Le Bois de Cagny ; souvenir de Boves.

Le disque du soleil descend dans les brumes de l'horizon.

Appartient à M. Edmond Texier.

119. — Le Vieux Saule ; étude.

120 — La Roche aux fées, à la Tournelle ; effet du soir.

121. — La Plaine aux corbeaux ; La Tournelle, juin 1857.

Des champs couverts d'abondantes moissons qui ondoient ; la nature féconde qui vit, qui travaille, qui palpite ; de bonnes senteurs champêtres qu'on respire ; un vaste ciel clair qui répand sur tout celasa pure lumière et sa vivifiante chaleur ; — est-ce ou n'est-ce pas un tableau ? — Peu importe ! C'est mieux que cela. C'est la nature elle-même, et le peintre, ému, n'a pas cru pouvoir mieux faire que de la rendre comme il la voyait, sans conventions ni artifices

Appartient à M. Frédéric Henriet.

122. — La Mare aux biches; esquisse du tableau au Salon de 1859.

123. — Soleil couché; esquisse.

124. — La Pluie; clairière du bois.

« De gros nuages ballonnés se heurtent dans le ciel, l'orage gronde, la pluie tombe à torrents, le vent siffle dans les taillis, les chevreuils s'effarent; mille ruisseaux improvisés courent en les couchant dans les hautes herbes. Il semble que le peintre, en déchaînant la tempête sur sa toile, ait voulu y dramatiser l'expression de ses souffrances morales... »

Biographie de Chintreuil, par Frédéric Henriet. Journal l'*Artiste,* n° du 24 octobre 1858.

Salon de 1859 et Exposition universelle de 1867.

125. — Esquisse du tableau précédent.

Appartient à M. Ducasse.

126. — La Marnière de Mulcent; effet du soir.

Des terrains marneux, peints largement dans une fine gamme grise, occupent la première zone d'une plaine bornée par un petit coteau bas. Quelques arbres lointains, peupliers et saules, coupent la ligne d'horizon ou relèvent en vigueur les blondes colorations du tableau. Le soleil du soir, caché par un nuage, éclaire le ciel de reflets dorés.

Appartient à M. C. Daubigny.

127. — La Coupe des sainfoins ; scène de fenaison.

Sur la lisière d'un bois, un faucheur coupe la récolte, pendant qu'un autre se repose à l'ombre d'un bouquet d'arbres ; ciel bleu.

Médaille de bronze de la Société des Amis des Arts, de Troyes. 1860.

Appartient à M. Piquet.

128. — Roches et Buissons.

Ils encaissent un chemin creux et soutiennent les tertres supérieurs.

129. — Roches et Terrains éboulés ; ciel gris.

130. — Le Gué sous bois ; étude.

131. — La Côte de la Tournelle ; chemin creux dans les bois.

Un chemin pierreux descend et s'enfonce dans un bois ; à droite du chemin, un groupe

de trembles et de chênes récemment ébranchés,
que frappent les derniers rayons d'un soleil
d'été; ces arbres, aux feuillages agités par le
vent du soir, se détachent en clair sur le ciel
d'un bleu intense; à gauche un enfant coupe
une branche à un buisson.

Médaille d'argent à l'Exposition de Genève.
1861.

Appartient à M. Prevost.

132. — La Route aux peupliers.

Au milieu de massifs de peupliers, un chemin, contournant des prés et des champs culti-
vés, mène à Montchauvet; on aperçoit le clocher du village au-dessus des pommiers plantés
en amphithéâtre sur le coteau.

133. — Le Bois et le Hameau des Billeux; Septeuil.

134. — Le Logis de la folle; ruines sur la lisière
d'un bois.

135. — Prairie entourée de bois; à droite, un
sentier bordé de jeunes pommiers
chargés de fruits; soleil éclatant et
ciel bleu.

136. — Le Ruisseau du Paity; effet du soir.

137. — Bois et Prés d'Orvilliers; effet du soleil
du matin à travers le brouillard, saison d'automne.

Appartient à M. le Dr Hameau.

138. — La Rentrée du troupeau; effet du soir
par un temps orageux; esquisse du
tableau exposé au Salon de 1861.

Appartient à M. C...

139. — Le Champ de pommes de terre; la Tournelle.

Des paysans travaillent au buttage des pommes
de terre; vigoureuse étude, fermement mode-
lée, avec un ciel mouvementé d'un grand éclat
de lumière.

Salon de 1861.

140. — Porte d'un jardin clos de murs en
ruines, au bord d'un bois.

141. — Les Ruines; « la Féerie » à la Tournelle.

Masure en ruine au milieu des bois; on
aperçoit près de la baie ouverte le cintre d'une
porte de cave, en partie comblée par les ébou-
lements.

142. — Sureaux et Prés fleuris, baignés de soleil.

Étude lumineuse, d'une grande souplesse d'exécution; ombres d'une coloration très-fine.

143. — Le Ruisseau au cresson.

Appartient à M. Luquet.

144. — Champs de sainfoin; un petit paysan se repose au bord d'un chemin.

Appartient à M. Jullien.

145. — Le Bois aux Roches; rayon de soleil à travers la pluie.

146. — Le Ruisseau du moulin de la Planche.

Il sort d'un bouquet de bois, aulnes, saules et peupliers, et coule dans la prairie, ne révélant son cours que par la fraîcheur qu'il communique sur son passage à l'herbe plus abondante et plus verte. Saison d'été.

Appartient à M. Luquet.

147. — Chemin débouchant sur la lisière d'un bois; effet du soir.

148. — La Fin d'un beau jour d'été ; étude en plaine au soleil couchant.

Une route circule au milieu de champs couverts de prés artificiels. Une atmosphère chaude et dorée enveloppe l'horizon, où se profile une ligne de pommiers ; dans le ciel, à gauche, le croissant de la lune.

149. — Terres en jachère ; ciel d'orage.

Appartient à M. Luquet.

150. — Les Champs aux premières clartés.

Salon annexe dit « des refusés » en 1863.

« Essayer de reproduire le combat du jour et de la nuit, la lutte des clartés de l'aube et des clartés australes mêlant leurs vagues lueurs sur l'étendue d'une plaine accidentée d'arbres et de moissons : tel est le but, peut-être hors de portée, poursuivi par l'artiste. » Ernest Chesneau : *l'Art et les Artistes modernes en France et en Angleterre.* Paris, Didier, 1864.

151. — Lever de lune sur des terrains en friche ; esquisse du tableau « les Ruines, » exposé au Salon de 1864.

152. — Le Soleil chasse le brouillard; souvenir d'Igny.

Le soleil du matin éclate sur une prairie humide de rosée et lutte contre le brouillard qui enveloppe encore les fonds du tableau où le clocher d'Igny apparaît au milieu des arbres; un jeune garçon fait pâturer ses vaches dans le pré; à droite et à gauche saules, peupliers et buissons.

Les vers suivants, du poëte belge Antoine Clesse, cités par M. Champfleury dans *ses Souvenirs et portraits de jeunesse,* donnent la sensation même du tableau :

> Le ciel, sur la plaine éclaircie
> Rayonne, et rend les prés fumants;
> Le givre fond et la prairie
> Est couverte de diamants.

Salon de 1864.
Appartient à Mme Desbrochers.

153. — Rayon de soleil sur un champ de sainfoin; la Tournelle.

Appartient à M. Amédée Jullien.

154. — Effets de soleil à travers le brouillard; automne; la Tournelle.

Appartient à M. Didier (de Valenciennes).

155. — Les Friches de Carnette.

Un berger couché garde ses moutons; terrains émaillés de thyms et de serpolets; au fond, les prés de Dammartin, avec leurs files de peupliers, se perdent dans les vapeurs d'un ciel brumeux; un rayon de soleil éclaire les premiers plans.

Appartient à M. Allard.

156. — La Moisson.

Un champ de blé en coupe; à gauche un buisson à l'ombre duquel se reposent des faucheurs; à l'arrière-plan, les maisons de la Tournelle; ciel bleu et forte sensation de chaleur.

Appartient à M. Allard.

157. —- Les Vapeurs du soir.

Des vapeurs blanchâtres montent doucement des eaux et des terrains, noyant le paysage dans de mystérieuses indécisions. Seule, la ligne de l'horizon s'affirme nettement sur le foyer lumineux du ciel, et précise la silhouette d'un village surmonté d'un clocher. Au premier plan, un homme fait abreuver ses chevaux dans une rivière bordée, à droite, des saules étêtés.

Salon de 1865.

158. Solitude.

Une mare au milieu de terrains incultes aux douces déclivités. Un arbre s'élève à l'horizon. Au premier plan, des roseaux. L'aube égaye de tons roses la zone inférieure du ciel.

Donné par Chintreuil au |musée de Pont-de-Vaux, sa ville natale, en 1865.

159. — Le Hameau des Gredeux; terre labourée au premier plan; effet de soleil.

160. — Arbres dépouillés ; automne.

Appartient à M. le Dr Leudet.

161. — La Remise aux poules; coin de verger aux abords d'une ferme avec hangar et palissades.

162. — Le Soleil boit la rosée du matin.

Le soleil levant pompe et absorbe toutes les brumes qui montent du sol. En même temps les vapeurs du ciel se dissipent en légers flocons roses. Le zénith seul ne participe pas encore de cette irradiation générale; une lisière de bois à

gauche ; à droite, quelques arbres écimés au
pied desquels coule un ruisseau qui s'étale sur
le premier plan du tableau encore voilé d'ombre.
Daims et flamant.

Salon de 1866.

Appartient à M. Mareschal.

162. — La Butte de Montchauvet ; terrains en friche.

Des terrains pierreux et arides, à peine couverts d'une végétation pauvre, forment un
monticule dont le sommet occupe le milieu du
tableau. Quelques buissons donnent la note
vigoureuse au milieu des harmonies grises des
terrains et du ciel.

163. — Les Ruines de Montchauvet.

Un chemin pratiqué dans les savarts, entre
deux rangées d'arbres d'un élégant caractère,
traverse un vallon silencieux et mène à une
colline boisée d'où émergent les ruines. Ce
paysage, bien planté sur des terrains solides,
joint à un bel agencement de lignes la vérité
du ton et la finesse du modelé.

Appartient à M. C. Daubigny.

164. — Idylle; fin du jour.

> Appartient à M. Faure (de Lille).

165. — Chaume; août, milieu du jour.

> Appartient à M. Faure (de Lille).

166. — La Plaine au temps des avoines; lever
de lune.

> Esquisse et première pensée du tableau du
Salon de 1867.

167. — Genêts en fleur au bord d'un chemin,
par un temps d'orage; la Tour-
nelle.

> Appartient à M. Luquet.

168. — La Maison Jean, à la Tournelle; saison
d'automne.

169. — Chanip de sainfoin en coupe.

> Une partie de la pièce est en javelles et
l'autre partie sur pied; à gauche, des buissons.
Cette étude est petillante de lumière et d'une
grande intensité de coloration.
> Appartient à M. Rafalovich.

170. — Route dans les bois; effet du matin.

> Appartient à Mme Desbrochers.

171. — La Maison du pêcheur : deux bateaux amarrés à la rive; soleil couché; la Tournelle. .

> Appartient à Mme Desbrochers.

172. — L'Attelée de midi.

> Un homme à cheval regagne le village; à gauche, un pommier dans un champ de blé vert; à droite, ronces, buissons et bouquet de bois formant berceau au-dessus du chemin avec les arbres de gauche. 1866.
>
> Appartient à M. Mareschal.

173. — Saulée au bord d'une rivière.

> Un homme amarre un bateau à la rive. Ciel gris orageux, lumineux à l'horizon, coup de soleil sur la prairie, à l'arrière-plan.
>
> Appartient à M. Ad. Desbrochers.

174. — Le Lever de l'aurore après une nuit d'orage.

> Esquisse du tableau exposé au Salon de 1868.
> Appartient à M. Papeleu.

175. — L'Ondée.

« L'ondée représente un vaste champ, sur lequel les nuages versent leur pluie et le soleil ses rayons : ici, des taches d'ombre, là des plaques de lumière : le sourire à côté des pleurs. Mais cela ne durera pas, et le beau temps plus frais, plus radieux, va reprendre le dessus. »

Th. Gautier, *Moniteur universel* du 7 juin 1868.

« Ce tableau, disait M. Paul de Saint-Victor dans son feuilleton de la *Liberté*, du 21 juin, est comme un coup de théâtre céleste hardiment saisi et vivement rendu. »

L'*Ondée* fut en effet le premier succès incontesté de Chintreuil. Jamais il n'avait été mieux inspiré du reste que dans cette œuvre, d'un sentiment si juste et si original. L'admiration fut générale. Ce tableau fixa définitivement la sympathique attention du public sur l'artiste, et consacra sa réputation.

L'*Ondée* a été reproduite dans *l'Autographe au Salon de 1868*, d'après un dessin de Chintreuil, et gravée par M. Martial dans son *Album du Salon*.

Salon de 1868.

Appartient à M. Paul Casimir-Perier.

176. — Les Champs en été; étude pour le tableau précédent.

Un chemin serpente dans une riche plaine cultivée. Un soleil radieux étincelle sur les moissons d'or; excellent morceau de peinture, d'un dessin ferme et d'une puissante lumière.

Appartient à M. Klein.

177. – Autre étude de plaine; même saison, même effet; mêmes qualités.

178. — Les Trois Faneuses; juin, la Tournelle.

Appartient à M. Faure (de Lille).

179. — La Ferme de Courgent; juin, soleil de l'après-midi.

Sur un terrain dont la déclivité s'accuse de gauche à droite, au pied d'un coteau boisé, au milieu des près, des pommiers et des peupliers, s'élèvent les bâtiments de la ferme; au premier plan, bandes longitudinales d'avoine, d'orge et de blé.

180. — Le Chemin du bois; la Tournelle.

> On suit sa trace blanche au milieu des terrains accidentés et pierreux d'un vert grisâtre; puis il disparaît dans le bois, qui découpe sa silhouette nerveuse sur un ciel clair et argentin.

181. — Le Clocher de Montchauvet.

> Pour premiers plans des tertres bossués traversés par un ruisseau; sorte de pâtis communal irrégulièrement planté de peupliers dont les ombres portées glissent sur les terrains éclairés; au fond les toits et le clocher de Montchauvet.

182. — La Ruine aux flamants.

> Appartient à M. Ad. Desbrochers.

183. — Les Derniers Feux du soleil couchant en été ; la Tournelle, 1868.

> Appartient à M. Faure (de Lille).

184. — Étude de pommier en fleurs; Septeuil.

> Appartient à Mme Léonie Desbrochers.

185. — Le Hameau des Gredeux; au fond le coteau de Courgent, terre labourée au premier plan; effet de soleil du soir.

186. — Le Rû de Carnette.

Un ravin pierreux et desséché au milieu de terrains escarpés et de broussailles; au sommet du ravin, plateau en friche, masse d'arbres lointains et horizon très-élevé dans la toile.

187. — Le Hameau de la Tournelle au crépuscule.

188. — Une Allée dans le parc de Millemont.

Coup de soleil à travers le feuillage; élégant enchevêtrement de branches.
Appartient à M. Jullien.

189. — Les Arbres aux lierres; étude dans le parc de Millemont.

190. — Autre étude dans le parc de Millemont.

191. — La Maison des lavandières; effet du soir.

Appartient à M. Passa.

192. — La Vanne.

Appartient à M. Paul Casimir-Perier.

193. — La Route des Trembles dans le bois aux Roches, 1869.

Ciel gris et feuillage roux d'automne, étude d'une grande finesse de touche et d'une belle qualité de ton.

194. — Un Coin de la pièce d'eau dite « l'Étang turc », à Millemont.

Des arbrisseaux projettent leurs branches au-dessus des eaux ; effet du matin.

195. — Une Mare au pied d'un bouquet de saules, dans la plaine de Courgent.

Le soleil éclaire le premier et l'arrière-plan, et la mare est dans l'ombre.

196. — Le Bois ensoleillé.

Étude dans les bois de Millemont, ayant servi à l'exécution du tableau exposé au Salon de 1869.

197. — Le Ruisseau aux genêts.

Appartient à M. Villaret.

198. — La Plaine après le labour d'octobre; la Tournelle, effet du soir.

Bouquets de bois à droite et à gauche; au second plan, les maisons de la Tournelle dans les arbres; ciel gris, froid, avec des bandes lumineuses et pourprées à l'horizon.

199. — La Côte de Montchauvet; effet d'automne.

Appartient à M. Rafalovich.

200. — Bord de rivière ; effet du soir.

Appartient à M. Rafalovich.

201. — Pelouse gazonnée; étude à la Tournelle.

Appartient à M. Faure (de Lille).

202. — Prés sur la lisière du parc de Millemont, avec les fonds de Thoiry, soleil du matin au mois de juin; verdure éclatante.

Appartient à M. Hoschedé.

203. — La Plaine de Mulcent au temps de la fenaison.

Faneuses au premier plan ; plus loin, voiture chargée de foin ; ciel mouvementé avec percée de soleil ; 1870.

Appartient à M. Hoschedé.

204. — Le Verger par une belle journée de printemps.

Des enfants grimpent aux branches d'un pommier ; 1872.

Appartient à M. Hoschedé.

205. — L'Étang de Millemont.

A gauche de la toile, un groupe de saules ; au fond, un bois qui se reflète en vigueur sur les eaux, où scintillent des paillettes d'argent. Au premier plan, une femme fait boire ses vaches ; terrains plantureux, roseaux et feuilles d'eau ; soleil éblouissant et vive sensation de chaleur.

Diplôme d'honneur à l'Exposition universelle de Lyon, 1872.

Appartient à M. Villaret.

206. — L'Étang de Millemont; étude très-colorée, très-lumineuse et très-vibrante du tableau précédent.

Appartient à M. Luquet.

207. — Le Chemin des Tournelles.

Terrain pierreux, bordé à gauche de pièces de terre cultivées et plantées de pommiers, à droite d'un massif d'arbres; ciel bleu. Septembre 1870.

208. — Derniers Rayons de soleil sur un champ de sainfoin.

Salon de 1870.
Appartient à M. Fassin (de Reims).

209. — L'Entrée du village de Courgent; effet de neige; 1870.

Masures à gauche du chemin; arbres, buissons et champs coupés de haies à droite. Ciel moucheté et embrasé des feux du couchant. Sur le chemin, une femme portant un enfant sur son dos, et un homme tenant un panier à la main.

Appartient à M. Allart.

**210. — La Maison de Chintreuil à la Tour-
nelle.**

Premiers bourgeons et premiers rayons
d'avril 1871.

211. — Pommiers et Genêts en fleur.

Une allée de pommiers vue de face fuit devant
le regard du spectateur par un magnifique effet
de perspective aérienne et se perd dans les
vapeurs de l'horizon.
Salon de 1872.
Appartient à M. Viardot.

212. — Allée de pommiers en fleur.

Esquisse du tableau précédent.
Appartient à M. Mareschal.

**213. — Les Herbes sèches, fin d'août ; la Tour-
nelle ; 1872.**

Sentier dans une clairière de bois, sur un
plateau d'où l'on découvre les fonds de Mantes ;
toute la flore des champs est réunie là, souple
et ondoyante : carottes et oseille sauvages ;
coquelicots, fenouil, millepertuis, graminées
aux longs pétioles, folioles légères, flexibles

épillets. Quelques arbres fluets poussent au milieu des herbes folles; coloration blonde et fine, lumière franche, atmosphère limpide; exécution d'une grande souplesse.

Appartient à M. Mareschal.

214. — La Voiture embourbée; effet de neige au soleil couchant.

Au second plan, les maisons et le clocher de Courgent enveloppés de brume. Sur le chemin, deux hommes s'efforcent de relever une char-rette embourbée dont le cheval a été dételé; 1871.

Appartient à M. Mareschal.

215. — Le Bouquet de chênes; la Tournelle.

Appartient à M. Luquet.

216. — Étude de roches couvertes de lierres et broussailles; fonds de la Tournelle; ciel très-fin.

217. — Neige, Verglas et Grésil.

Appartient à M. Faure (de Lille).

218. — Crépuscule.

Un étang sur le premier plan à gauche; à droite, près de deux bateaux amarrés, un paysan fait abreuver son cheval. Au fond du tableau, groupe de maisons surmonté d'un clocher.

Appartient à M. Dagnan.

219. — La Mer au soleil couchant ; Fécamp.

C'est du plateau d'une falaise que le spectateur contemple l'imposant spectacle d'un coucher de soleil sur la mer. Un pâtre couché à plat ventre sur le bord de l'abîme regarde dans l'immensité, pendant que ses moutons paissent çà et là l'herbe rare qui croît sur ces terrains rocheux.

Appartient à M. Ad. Desbrochers.

220. — Pleine Mer vers le soir, eaux clapotantes; Boulogne.

Appartient à Mme Desbrochers.

221. — Falaise aux environs de Fécamp ; effet de soleil couchant.

Appartient à M. Passa.

222. — Coup de soleil sur la mer ; Boulogne.

Appartient à M. Mareschal.

223. — Dunes d'Équihen ; mer moutonneuse.

224. — Dunes d'Équihen ; mer calme.

225. — Le Paquebot d'Angleterre ; Boulogne.

226. — Le Vieux Port de Boulogne à marée basse ; effet du matin, esquisse chatoyante et lumineuse comme un Bonington ; 1872.

Appartient à M. Ernest Chesneau.

227. — Marée basse, à Saint-Valery-sur-Somme.

« La marée basse est, avec des premiers plans voilés d'une ombre légère, la fête et le feu d'artifice du soleil à l'heure où il va disparaître au milieu d'un conflit de nuages dorés, empourprés, vivants. Il y a là comme un flamboiement d'incendie sur la mer, et, pour être téméraire, l'effet n'en est pas moins savamment observé. »

Paul Mantz, *le Temps,* 15 juin 1873.
Salon de 1873.
Appartient à M. Mareschal.

28. — Pluie et Soleil; souvenir des plaines de
     l'Artois.

Une prairie s'étend à perte de vue, à demi
enveloppée dans la pluie. Les nuages se pour-
chassent et se croisent; un coup de soleil bla-
fard perce ce ciel gonflé d'eau, et glisse sur
les arrière-plans du paysage; quelques vaches
paissent dans les herbes mouillées.

Salon de 1873.

DESSINS

229. — Sentier dans une clairière de bois. Ciel pluvieux et arbres agités par le vent; aquarelle d'après le tableau « la Pluie, » inscrit au présent Catalogue sous le n° 124.

230. — Le Village et le Coteau de Courgent; effet de neige; dessin aux deux crayons sur papier gris; 1870.

231. — La Route des Gredeux, effet de neige et de givre; dessin très-fin de silhouette, aux deux crayons sur papier gris; 1870.

232. — Rêverie ; deux femmes errent le soir au bord de l'eau sous de grands arbres; dessin mine de plomb et gouache sur papier gris.

233. — La Rivière la Noye ; souvenir de Picardie; dessin aux deux crayons sur papier gris.

234. — Les Prés de Millemont; vaches au pâturage; dessin à la mine de plomb sur papier gris, ciel gouaché de blanc.

235. — Chemin en plaine, sur lequel se hâte une vieille femme; temps orageux, herbes tourmentées par le vent; dessin à la mine de plomb sur papier gris jaunâtre et ciel gouaché de blanc.

236. — Le Cap Gris-Nez, environs de Boulogne; un pêcheur se rend à la plage; le ciel et la mer gouachés de blanc s'enlèvent en clair sur la ligne finement étudiée des terrains.

237. — Le Hameau de Vimereux; environs de Boulogne; dessin à la mine de plomb sur papier gris avec ciel gouaché de blanc.

238. — La Jetée et le Port de Boulogne; à gauche, le clocher de l'église Saint-Pierre; dessin à la mine de plomb, rehaussé de blanc sur papier gris.

239. — Le Hameau des Fontaines près Courgent;
effet de neige. Les maisons se groupent à droite derrière des arbres dépouillés, d'un jet élégant; à gauche un chemin contournant le hameau mène aux bois; dessin aux deux crayons sur papier gris; 1870.

240. — Étude de saules; dessin à la mine de plomb sur papier gris.

Appartient à Mlle Joséphine Chorgnon.

241. — Le Loup; intérieur de forêt en hiver, effet de neige; dessin aux deux crayons sur papier gris.

Appartient à Mlle Joséphine Chorgnon.

242. — La Tour de Montfort-l'Amaury; dessin aux deux crayons sur papier gris.

Appartient à Mlle Joséphine Chorgnon.

243. — Le Soir.

Appartient à Mlle Joséphine Chorgnon.

4. — Le Ruisseau du Paity.

Appartient à Mlle Joséphine Chorgnon.

5. — La Mare de Mulcent; dessin à la mine de plomb et au crayon blanc sur papier gris.

Appartient à Mlle Joséphine Chorgnon.

6. — Le Hameau de Courgent; effet de neige, 1870. Maisons du village en contre-bas d'une route dominée à droite par des terres plantées de pommiers; dessin aux deux crayons sur papier gris foncé.

7. — Dunes et Plage d'Equihen; environs de Boulogne; dessin à la mine de plomb sur papier gris, avec le ciel et la mer gouachés de blanc.

8. — L'Étang et les Bois de Millemont; dessin à la mine de plomb, légèrement re-haussé de blanc sur papier gris d'un

ton chaud; croquis du tableau inscrit au Catalogue sous le n° 205.

249. — La Plaine après la moisson ; blés dispo-
sés en dixains ; à l'horizon la silhouette
du hameau de Mulcent ; dessin au
pastel sur papier gris.

250. — Lisière de bois avec biches ; dessin aux
deux crayons sur papier gris.

Musée de Pont-de-Vaux.

251. — La Sortie de bois ; des arbres à la forme
finement cherchée se détachent en
vigueur sur un ciel teinté de blanc ;
dessin à la mine de plomb sur papier
gris.

Appartient à M. Batta.

252. — La Plaine et le Hameau des Billeux ;
effet de givre et de neige ; dessin
très-délicat aux deux crayons sur papier gris ; 1870.

253. — Le Village d'Ostrohove ; environs de
Boulogne, groupe de maisons au mi-

lieu d'arbres et de haies sur les-
quelles sèche du linge ; dessin à la
mine de plomb sur papier gris, avec
ciel gouaché de blanc.

254. — La Plaine de la Tournelle au milieu de
la fenaison ; étude pour le tableau :
« les Derniers Rayons, » n° 208 du
Catalogue ; dessin sur papier gris
rehaussé de pastel.

255. — Le Coteau et les Prés de Courgent ; mare
au premier plan avec une laveuse,
ciel orageux, lumières gouachées de
blanc sur les maisons ; dessin à la
mine de plomb sur papier d'un ton
chamois.

256. — Le Hameau de Vimereux ; environs de
Boulogne. Un chemin frayé au milieu
des terrains arides et sauvages passe
sur un pont et conduit aux maisons
des pêcheurs. Ciel gris dans la partie
supérieure et lumineux à l'horizon.
Appartient à M. C. Daubigny.

257. — La Porte de Montfort-l'Amaury.

Appartient à Mlle Joséphine Chorgnon.

258. — Plaine avec pommiers et peupliers;
effet de soir; dessin aux deux crayons
sur papier gris.

259. — Étude d'arbres; souvenir de Picardie:
dessin sur papier gris avec ciel rehaussé de blanc.

260. — Étude d'arbres; souvenir de Picardie;
dessin sur papier verdâtre, avec le
ciel rehaussé de blanc.

261. — La Rivière du Paraclet à Boves (Picardie),
pont rustique au milieu des bois,
dessin au fusain avec lumières gouachées dans le ciel.

262. — Le Ruisseau du Paity; arbres élégants,
d'une forme très-cherchée; dessin
aux deux crayons sur papier gris
bleuté.

3. — Hameau dans une plaine; environs de Boulogne, ligne d'horizon très-étudiée se détachant en fine silhouette sur le ciel teinté de blanc.

4. — La Ruine de Binanville; dessin aux deux crayons sur papier gris.

5. — Dans les bois : un jeune garçon s'appuie le long d'un arbre; dessin aux deux crayons sur papier gris.

6. — Chemin et Pommiers dans la plaine; effet de soir et lever de lune; dessin aux deux crayons sur papier gris.

7. — Le Coteau et l'Église de Montchauvet; dessin sur papier gris verdâtre légèrement rehaussé de blanc.

APPENDICE

268. — Route dans le bois d'Igny ; effet de cré
puscule; sur le chemin, un homm
chargé de bois mort.

Appartient à M. Bériot.

269. — Le Pont et la Route de Favreuse; à l'ho
rizon, les fonds de Bièvre et de Pala
seau ; un mendiant se repose sur
parapet du pont.

Appartient à M. Joseph Michel.

270. — Effet de nuit; à droite une maisonnet
où brille une lumière, groupe d'arbre
sur le chemin une femme charg
d'herbe.

Paris. — J. CLAYE, imprimeur, 7, rue Saint-Benoît. — [709]